Traduit de l'anglais
par Jean-François Ménard

Maquette : Karine Benoit

ISBN : 2-07053574-6
Titre original : *The Worst Witch Strikes Again*
Édition originale publiée par Allison & Busby en 1980
et Puffin Books en 1981
© Jill Murphy, 1980, pour le texte et les illustrations
© Éditions Gallimard, 1990, pour la traduction française
Éditions Gallimard Jeunesse, 2002, pour la présente édition
N° d'édition : 11550
956 du 16 juillet 1949 sur les publications destinées à la jeunesse
Premier dépôt légal : septembre 1990
Dépôt légal : novembre 2002
Imprimé en Espagne par NOVOPRINT

Jill Murphy

Amandine Malabul
la sorcière a des ennuis

GALLIMARD JEUNESSE

Pour *
Luc
et
Isabelle

Perchée au sommet d'une montagne, l'Académie Supérieure de Sorcellerie, dont mademoiselle Jollidodue était la directrice, dressait son austère silhouette au-dessus d'une vaste forêt de pins. L'été venait de commencer, mais le sombre bâtiment n'en était pas plus gai pour autant, et l'épaisse brume qui l'enveloppait en permanence ne se laissait pas dissiper par les rayons du soleil.

On était au premier jour du nouveau trimestre et les élèves de première année avaient retrouvé leur salle de classe. Assises derrière leurs pupitres, elles offraient un bien triste spectacle dans leur uniforme d'été, plus lugubre encore que celui qu'elles avaient porté tout l'hiver. Leur nouvelle tenue se composait d'une robe sans manches à carreaux gris et noirs, de socquettes grises et de chaussures noires. Seule la ceinture qui serrait la robe apportait une petite touche de couleur à l'ensemble. Après avoir passé l'hiver enfermés dans des bas de laine noire et rêche, les genoux des jeunes sorcières paraissaient d'une blancheur surprenante, qui contrastait singulièrement avec les teintes sombres de leurs vêtements.

En dépit de toute cette grisaille, une atmosphère guillerette régnait dans la classe. Les conversations étaient ponc-

tuées d'éclats de rire et tout le monde
avait l'air ravi d'être de retour à l'école.
Tout le monde, sauf Amandine Malabul.
Amandine, en effet, semblait anxieuse et
ne prêtait qu'une oreille distraite au récit
que Paméla, sa meilleure amie, lui faisait
de ses vacances.

A la vérité, elle ne l'écoutait même pas.
Plongée dans ses pensées, elle songeait
avec effroi à tout ce qui l'attendait dans

les semaines à venir. Le bulletin qu'elle avait rapporté chez elle à la fin du trimestre précédent était désastreux et elle avait promis à toute la famille de faire désormais de sérieux efforts. Certes, mademoiselle Jollidodue n'avait pas omis de mentionner qu'Amandine, grâce à sa présence d'esprit, avait un jour sauvé l'école d'une catastrophe, mais ce jour-là était exceptionnel. Il ne suffisait pas à effacer le souvenir des autres jours, lorsque Amandine ne pouvait toucher un objet sans le casser, ou pire, lorsqu'elle ne résistait pas à l'envie de créer un peu d'animation en se livrant à quelques facéties de son cru. Jamais encore elle n'avait montré à ses parents un bulletin aussi consternant.

— Amandine ! s'écria soudain Paméla, l'arrachant à ses songeries. Tu n'écoutes rien de ce que je te raconte !

– Mais si, bien sûr, protesta Amandine.

– Alors répète-moi ce que je viens de dire à l'instant.

– Heu… on… on t'a offert une chauve-souris pour ton anniversaire…

– Tu vois ! Tu ne m'écoutais pas ! répliqua Paméla d'un ton triomphant. La chauve-souris, c'était il y a dix minutes !

A ce moment, la porte s'ouvrit à la volée et mademoiselle Bâtonsec – leur professeur le plus redouté – entra dans la classe tel un vent glacial, suivie d'une jeune fille que personne n'avait jamais vue auparavant. Comme à chaque apparition de mademoiselle Bâtonsec, tout le monde fut saisi de panique, les unes refermant leur pupitre à la hâte, les autres se bousculant pour regagner leur place. En un éclair, l'ordre et le silence étaient revenus dans la salle.

– Bonjour ! lança le professeur d'un ton pincé.

– Bonjour, mademoiselle, répondirent en chœur les jeunes sorcières.

– J'imagine que vous êtes heureuses d'être de retour à l'école, poursuivit mademoiselle Bâtonsec en lançant des regards noirs aux malheureuses qui occupaient le pre-mier rang. A pré-sent que vous vous êtes bien reposées, je suis sûre que vous avez hâte de vous remettre au travail le plus vite possible.

– Oh oui ! s'écrièrent les élèves de leur ton le plus sin-cère.

— Très bien ! approuva mademoiselle Bâtonsec en joignant les mains d'un air satisfait. Je vous présente Isabelle Tromplamor, votre nouvelle camarade.

Elle pointa un index décharné en direction de la jeune fille qui était entrée à sa suite. Immobile, les épaules voûtées, la nouvelle regardait fixement le plancher. Elle était grande, encore plus grande qu'Amandine, mais manquait totalement de grâce. Ses pieds, ses mains, tout, chez elle, semblait massif, épais, et pourtant elle n'était pas vraiment grosse. Ses cheveux, d'une couleur de thé au lait, étaient noués en une longue et large tresse, entourée à son extrémité d'un ruban noir, mais on les devinait beaucoup plus foisonnants et indociles que ne le laissait paraître cette coiffure trop sage.

— Isabelle nous rejoint en cours d'année, reprit mademoiselle Bâtonsec.

Amandine Malabul sera chargée de
s'occuper d'elle afin de la mettre au courant des habitudes de l'école. Je tiens à
vous préciser, mademoiselle Malabul,
que je ne suis pour rien dans ce choix. Il
se trouve simplement que mademoiselle

Jollidodue, notre directrice, s'est mis en tête qu'en vous confiant cette tâche elle vous aiderait à acquérir le sens des responsabilités qui vous fait si cruellement défaut. Pour ma part, croyez-le bien, je regrette vivement que l'on soumette cette malheureuse Isabelle à votre détestable influence. J'aurais été grandement soulagée de la voir confier à quelqu'un de plus sérieux, Octavie Pâtafiel, par exemple.

Octavie Pâtafiel, la première de la classe, connue dans toute l'école pour sa perfidie et sa duplicité, eut un sourire faussement modeste qui donna aussitôt à ses camarades l'envie irrésistible de la rouer de coups.

– Mais, après tout, sait-on jamais ? Peut-être aurai-je une bonne surprise ? continua mademoiselle Bâtonsec. C'est en tout cas ce que j'espère. Amandine,

vous resterez auprès de mademoiselle
Tromplamor pendant quelques jours et
vous veillerez à la familiariser avec les
lieux. Isabelle, allez vous asseoir à côté
de mademoiselle Malabul. La classe
peut commencer, à présent. Veuillez

noter qu'il y aura demain matin, dans la
grande salle d'honneur, une réunion de
toute l'école.

« C'est bien ma veine, songea Amandine en jetant un regard de biais en direc-

tion d'Isabelle Tromplamor qui venait de glisser à grand-peine son énorme carcasse derrière le pupitre. Je ne vais pas beaucoup m'amuser avec celle-ci ! »

Jamais encore, Amandine Malabul ne s'était aussi lourdement trompée.

e lendemain matin de bonne heure, avant que la cloche n'ait sonné, Paméla s'avança à pas de loup le long du couloir et alla frapper à la porte d'Amandine.

Il n'y eut aucune réponse, ce qui n'avait rien d'étonnant. Amandine Malabul avait en effet la faculté de dormir d'un sommeil de plomb qui résistait à n'importe quel bruit, même au vacarme le plus insoutenable. Souvent, elle n'entendait pas la cloche du matin et c'était Paméla qui venait la réveiller en lui hurlant dans les oreilles.

Paméla pénétra dans la chambre sur la pointe des pieds et referma la porte en silence. Au même moment, les trois chauves-souris d'Amandine, rentrées de leur chasse nocturne, lui frôlèrent les cheveux en allant s'accrocher, tête en bas, à la tringle fixée au mur.

Un faible miaulement, à ses pieds, lui rappela la présence de Petitpas, le chat tigré, qui était venu se frotter contre ses chevilles. Elle se pencha et prit dans ses bras le chaton qui ronronna en s'enroulant autour de sa nuque, comme une étole de fourrure. Vêtue de sa seule chemise de nuit en coton gris, Paméla avait un peu froid et la chaleur de l'animal perché sur ses épaules fut la bienvenue.

– Réveille-toi, murmura-t-elle en direction de l'amas de draps et de couvertures sous lequel dormait Amandine, c'est moi, c'est Paméla.

– Quoiquigna ? marmonna la voix étouffée d'Amandine, tout au fond du lit.

Puis on n'entendit plus que quelques ronflements réguliers.

– Amandine ! insista Paméla en secouant d'un geste vigoureux la forme qui se dessinait sous les couvertures. Allons, réveille-toi !

Le nez d'Amandine émergea alors de sous les draps.

– Ah, c'est toi, dit-elle. Il est déjà l'heure ? Je n'ai pas entendu la cloche…

– Elle n'a pas encore sonné, répondit Paméla en se pelotonnant au pied du lit. Il est tôt. Les chauves-souris viennent juste de rentrer. Je voulais simplement

bavarder un peu avant que les autres se lèvent.

Amandine se redressa à grand-peine.

– Couvre-toi, tu dois être gelée, dit-elle à Paméla en lui montrant sa cape noire accrochée au montant du lit.

Paméla prit la cape et la jeta sur ses épaules.

– Qu'est-ce qu'on va faire, à la récréation ? demanda-t-elle.

– Je dois faire visiter l'école à cette

Isabelle Tromplamor, répondit Amandine. Il faut que je lui montre le laboratoire de potions magiques, l'atelier de réparation des balais et tout ça…

— Tu ne peux pas la confier à quelqu'un d'autre ? interrogea Paméla d'un ton quelque peu pincé. Elle n'a pas l'air très drôle et, de toute façon, nous sommes toujours ensemble, toi et moi.

— Ce ne sera pas très facile de me débarrasser d'elle. Tu connais la mère Bât'sec (c'était le surnom de mademoiselle Bâtonsec), si j'essaye de me défiler, elle va en faire toute une maladie. Et puis, cette pauvre Isabelle, c'est pas drôle pour elle de débarquer en cours d'année, il faut la comprendre…

— Bon, bon, très bien, admit Paméla à contrecœur. Dans ce cas, je passerai te prendre tout à l'heure. Comme ça, au moins, nous irons à la réunion ensemble.

– C'est que… il faudra que j'y aille avec Isabelle, répondit Amandine, mal à l'aise. Mais tu peux venir avec nous, si tu veux…

– Non merci, j'aime encore mieux y aller seule ! s'emporta Paméla.

Elle jeta la cape sur le lit et se débarrassa du chat.

– Si tu as du temps, un peu plus tard dans la semaine, dis-le-moi, on prendra rendez-vous ! lança-t-elle, vexée.

– Paméla ! Ne sois pas stupide ! s'exclama Amandine. Je ne voulais pas te…

Mais Paméla avait déjà quitté la pièce en claquant la porte derrière elle.

Dix minutes plus tard, la sonnette retentit, propageant son écho tout au long des sinistres couloirs de l'école. Amandine, qui était sur le point de se rendormir, s'arracha du lit péniblement, essayant tant bien que mal de rassembler ses vêtements qu'elle avait laissés traîner un peu partout dans la chambre, comme à son habitude. La robe d'été était beaucoup plus facile à mettre que l'uniforme d'hiver. En hiver, elle s'emberlificotait toujours dans sa cravate et s'étranglait à moitié.

Amandine se préparait à aller frapper à la porte de Paméla en lui faisant la surprise d'être prête avant elle lorsqu'elle se rappela soudain qu'elle devait s'occuper d'Isabelle Tromplamor. La chambre d'Isabelle donnait sur un autre couloir. Amandine s'y rendit et appela la nouvelle à travers la porte.

— Isabelle, tu es prête ? demanda-t-elle.

— Attends un peu, répondit la voix d'Isabelle. Le temps de donner à manger au singe et j'arrive.

« Le singe ? J'ai dû mal entendre », pensa Amandine. Elle poussa la porte et vit alors Isabelle, assise sur son lit. Un singe gris était perché sur son épaule et mangeait une banane. Amandine se hâta de refermer la porte derrière elle, de peur que mademoiselle Bâtonsec n'apparaisse brusquement, comme elle en avait l'habitude, et ne soit témoin de la scène.

– Je l'installerai à l'arrière de mon balai, dit Isabelle en montrant l'animal.

– Mais… c'est… c'est un singe ! s'exclama Amandine. On ne te laissera jamais te promener avec un singe ! Les élèves de l'école n'ont pas le droit d'avoir d'autres animaux que des chats, c'est dans le règlement. Même les hiboux sont interdits.

– Oh, ça n'a pas d'importance, répondit Isabelle d'un ton dégagé. Il suffit qu'il se roule en boule et tout le monde le prendra pour un chat.

– Tu crois ça ? On voit que tu ne connais pas la mère Bât'sec ! déclara Amandine d'un air sombre.

Mais ses avertissements n'eurent aucun effet sur Isabelle.

— C'est beaucoup plus amusant de faire du balai avec un singe qu'avec un vieil imbécile de chat, poursuivit celle-ci. Il peut se pendre au manche par la queue et exécuter toutes sortes d'acrobaties.

— Bah ! après tout, fais comme tu voudras, répliqua Amandine avec une moue dubitative. J'espère simplement que tu n'auras pas trop d'ennuis… Bon, viens, maintenant, il faut aller à la réunion, sinon nous serons en retard et, comme c'est moi qui suis chargée de t'y emmener, ça me retombera dessus !

Quelques instants plus tard, les élèves de l'Académie entraient en file indienne dans la grande salle d'honneur. Amandine s'approcha alors de Paméla et la prit par le bras.

— Devine un peu ce qu'il y a dans la chambre d'Isabelle, lui murmura-t-elle à l'oreille.

Mais Paméla ne daigna pas répondre. Elle se dégagea d'un geste et passa devant Amandine, la tête haute, sans lui accorder un regard.

Mademoiselle Bâtonsec et mademoiselle Jollidodue, la directrice, se tenaient côte à côte derrière une table, au milieu de l'estrade aménagée au fond de la salle. Mademoiselle Bâtonsec, comme à son habitude, avait l'air renfrogné ; mademoiselle Jollidodue, en revanche, souriait, le visage rayonnant, en contemplant d'un regard attendri les rangées d'uniformes à carreaux gris et noirs alignées devant elle. La directrice était toute petite et portait une robe de satin gris, trop étroite pour elle, qui la faisait paraître encore plus grosse qu'à l'ordinaire. Mademoiselle Bâtonsec, au contraire, était très grande et très mince, et sa robe à rayures noires verticales

accentuait sa haute taille. En les voyant
ainsi l'une à côté de l'autre, Amandine
ne put s'empêcher de pouffer de rire,
mais lorsque le regard perçant de mademoiselle Bâtonsec parcourut la salle, tel
le faisceau d'une lampe torche, le sourire
d'Amandine disparut tout aussitôt,
comme le soleil derrière un nuage.

— Je suis heureuse de vous accueillir à

nouveau dans notre école, déclara mademoiselle Jollidodue. Un rude travail vous attend au cours du trimestre qui commence. Vous devrez, bien sûr, passer vos examens, mais vous allez également participer au grand événement que vous attendez toutes avec impatience : la fête sportive de l'Académie.

A ce moment, mademoiselle Bâtonsec ferma les yeux et une grimace de douleur crispa un instant son visage. Amandine, elle aussi, ressentit une soudaine angoisse : elle se rappelait la façon désastreuse dont s'était terminée la démonstration de vol de balais lors du dernier Carnaval.

Mademoiselle Jollidodue s'interrompit et baissa les yeux d'un air modeste.

– Et puis, reprit-elle, il y aura aussi mon anniversaire que nous célébrerons comme chaque année. J'ai hâte d'entendre les petites chansons que vous me chantez toujours à cette occasion…

Un murmure s'éleva alors dans la salle : la célébration de l'anniversaire de mademoiselle Jollidodue était sans nul doute l'événement le plus ennuyeux de toute l'année scolaire.

ne fois la réunion terminée, les jeunes sorcières se rendirent en rang par deux dans la salle de musique pour y suivre la classe de mademoiselle Chauveroussie, leur professeur de chant. Mademoiselle Chauveroussie était minuscule et très maigre. Elle était également très âgée et avait de longs cheveux blancs crépus noués en une tresse qu'elle attachait autour de sa tête comme un diadème. Son habitude de garder toujours la tête baissée contre sa poitrine avait fini par lui donner un triple menton qui contrastait étrangement avec sa silhouette gracile. Mademoiselle Chauveroussie portait des lunettes rondes cerclées de fer, dont les branches étaient attachées à une chaîne qu'elle gardait toujours autour du cou, mais ce n'était pas une de ces fines chaînes d'or qu'on voit d'ordinaire au cou des vieilles dames : on aurait plutôt dit une chaîne de bicyclette. Enfin, mademoiselle Chauveroussie ne se séparait jamais de sa baguette de chef d'orchestre qu'elle coinçait derrière son oreille comme un crayon d'épicier.

Assise derrière son piano, dans une robe ornée de fleurs grises, elle se mit à jouer une marche entraînante dès que ses élèves entrèrent dans la salle.

— Ces leçons de chant sont tellement ennuyeuses, murmura Amandine à l'oreille d'Isabelle Tromplamor, tandis qu'elles pénétraient toutes deux dans la classe.

— Ne crois pas ça, répondit Isabelle avec dans le regard une lueur étonnamment malicieuse.

Lorsque tout le monde prit sa place, Amandine s'arrangea pour se mettre entre Isabelle et Paméla, mais celle-ci

semblait toujours aussi renfrognée et elle refusa de lui rendre son sourire.

La classe commença au son d'un accord que mademoiselle Chauveroussie plaqua sur le clavier du piano. C'était le début d'une chanson que les jeunes sorcières connaissaient bien et qu'elles entonnèrent aussitôt.

A la grande surprise d'Amandine, Isabelle chantait complètement faux, pas assez fort pour que mademoiselle Chauveroussie puisse l'entendre, mais suffisamment toutefois pour empêcher Amandine de se concentrer sur la mélodie. Plusieurs strophes se succédèrent ainsi, Isabelle continuant imperturbablement de chanter faux tandis qu'autour d'elle ses camarades s'efforçaient de rester dans le ton.

Amandine lança un regard à Isabelle : elle affichait un doux sourire, comme si de rien n'était, mais, de toute évidence, elle faisait exprès de chanter ainsi. Elle jeta ensuite un regard à Paméla qui essayait de rester impassible. Amandine sentit naître en elle un fou rire de plus en plus incontrôlable. Elle serra les dents et fit tout son possible pour penser à quelque chose de très triste, mais la voix monocorde d'Isabelle qui continuait consciencieusement d'égrener ses fausses notes à côté d'elle eut raison de ses efforts : incapable de réprimer plus longtemps son fou rire, elle laissa échapper une sorte de grognement étranglé qui ressemblait à une pétarade de motocyclette.

Amandine plaqua ses mains sur sa bouche, elle essaya même d'y enfoncer un mouchoir, mais rien n'y fit : elle pouffa, gloussa, hoqueta, puis éclata d'un rire irrépressible qui la plia en deux. Elle riait tellement que les muscles de son visage lui faisaient mal.

– Amandine Malabul !

Comme il fallait s'y attendre, la voix indignée de mademoiselle Chauveroussie retentit brusquement dans la salle. Les élèves interrompirent aussitôt leur chant, et les éclats de rire d'Amandine résonnèrent haut et clair, attirant tous les regards sur elle.

– Amandine ! Venez ici immédiate-
ment ! ordonna mademoiselle Chauveroussie.

Amandine se fraya un chemin parmi
ses camarades et alla se planter à côté du
piano. Elle prit une profonde inspiration,
s'efforçant d'avoir l'air le plus sérieux
possible, mais ses joues étaient écarlates,
et il lui semblait entendre encore la voix
d'Isabelle.

Les colères de mademoiselle Chauveroussie se manifestaient toujours de la
même façon : elle commençait par
hocher la tête (c'était ce qu'elle faisait en
ce moment), puis elle prenait la baguette
de chef d'orchestre coincée derrière son
oreille et se mettait à faire de grands
gestes, comme si elle dirigeait des musi-
ciens invisibles. Cette fois, à en juger par
la frénésie de ses gesticulations, elle était
vraiment furieuse.

— Pourrais-je connaître, mademoiselle
Malabul, les raisons de votre hilarité ?
demanda-t-elle d'un ton pincé. Il doit
s'agir de quelque chose de très drôle
pour que vous jugiez bon de perturber
ainsi la leçon de chant. Et, comme vous
êtes apparemment la seule à rire, peut-
être pourriez-vous nous faire profiter de
ce qui a déclenché votre bonne humeur ?

Amandine jeta un regard à Paméla, puis
à Isabelle. Paméla contemplait ses chaus-

sures, tandis qu'Isabelle observait le plafond avec un air de parfaite innocence.

— C'est parce que… commença
Amandine.

Mais un nouvel éclat de rire l'empêcha
de poursuivre et elle fut encore une fois
secouée de hoquets incontrôlables.
Mademoiselle Chauveroussie attendit
que cette nouvelle crise de fou rire se soit
dissipée, puis, agitant de plus belle sa
baguette de chef d'orchestre, elle reprit
d'une voix que la colère faisait trembler :

— Et maintenant, vous allez m'expli-
quer ce qui vous fait rire ! J'attends !

— Isabelle chantait faux, répondit
Amandine, le souffle court.

— Vraiment ! s'exclama mademoiselle
Chauveroussie. Eh bien, je ne vois là
aucune raison de se conduire d'une
manière aussi inconvenante ! Venez, Isabelle, approchez-vous du piano.

Isabelle Tromplamor se leva et vint se placer à côté d'Amandine.

– Si vous avez du mal à chanter juste, il ne faut pas en avoir honte, mon enfant, dit mademoiselle Chauveroussie avec douceur. J'espère que vous n'allez pas vous laisser impressionner sous prétexte que mademoiselle Malabul s'est donnée en spectacle à vos dépens. Chantez-moi donc deux mesures d'*Œil de crapaud* et nous verrons si je peux vous aider.

Isabelle se mit alors à chanter de la même voix fausse et tremblotante qu'auparavant :

Œil de crapaud
Cuiss' de rainette
Queue de chameau
Ail' de roussette
Remuez, remuez dans un chaudron
Ajoutez une dent de dragon.

C'en était trop pour Amandine : elle renonça à tout effort pour essayer de se retenir et donna libre cours à son hilarité.

Comme on peut aisément l'imaginer, pour mademoiselle Chauveroussie également, c'en était trop, et Amandine fut envoyée séance tenante dans le bureau de la directrice. C'était la première fois, ce trimestre.

Le moins que l'on puisse dire, c'est que mademoiselle Jollido-due ne fut guère enchantée de voir Amandine pénétrer dans son bureau.

— Bonjour, Amandine, dit-elle d'un ton las en lui faisant signe de s'asseoir. J'imagine qu'on ne t'a pas envoyée ici simplement pour m'apporter un message.

— C'est vrai, murmura Amandine.

Mademoiselle Chauveroussie m'a dit de venir vous voir parce que je riais pendant la leçon de chant. L'une des élèves chantait faux, et je n'ai pas pu m'empêcher de rire.

Mademoiselle Jollidodue regarda Amandine par-dessus ses lunettes. En cet instant, les fausses notes d'Isabelle n'avaient plus rien d'amusant !

– Je me demande si on peut encore espérer faire quelque chose de toi dans cette école, soupira mademoiselle Jollidodue. Avec toi, c'est toujours un pas en avant, quatre en arrière ! On n'est qu'au tout début du trimestre et c'est déjà la même histoire qui recommence ! Mademoiselle Bâtonsec avait raison : je n'aurais peut-être pas dû te confier la nouvelle. J'ai voulu te donner des responsabilités, il faut que tu en sois digne. Ne me déçois pas !

– Oh non, mademoiselle, répondit Amandine avec sincérité.

– Je serais vraiment triste si tu donnais le mauvais exemple à cette pauvre Isabelle, poursuivit la directrice. Aussi je te demande pour la dernière fois de faire un effort : je ne veux plus entendre parler de toi jusqu'à la fin du trimestre.

Amandine promit à mademoiselle Jollidodue de faire de son mieux, puis elle
quitta le bureau d'un air contrit.

Comme le cours de chant devait durer
encore une bonne heure et que mademoiselle Chauveroussie lui avait dit de
ne pas revenir en classe, Amandine
décida d'aller faire un tour dans la
chambre d'Isabelle pour jeter un coup
d'œil au singe. Tandis qu'elle gravissait
l'escalier en colimaçon menant aux
étages, lui parvenaient les échos loin-
tains de la leçon de chant. Amandine
éprouva une délicieuse sensation de
liberté : elle avait toute une heure devant
elle pendant que les autres étaient enfer-
mées dans une classe étouffante.

Pour une fois, le soleil avait réussi à
percer la brume et ses rayons inondaient
les étroites fenêtres, baignant de leur
clarté les marches de pierre froide.

« Je me suis trompée au sujet d'Isabelle, songea Amandine. En fait, elle est
bien pire que moi ! » Elle pouffa de rire
en repensant à ses fausses notes, puis
elle ouvrit la porte de la chambre de la
nouvelle.

Aussitôt, le singe, qui était assis au chevet du lit, fit un bond par-dessus la tête d'Amandine et s'enfuit dans le couloir en poussant des cris d'allégresse. Amandine eut tout juste le temps d'apercevoir sa longue queue avant qu'elle ne disparaisse derrière l'angle du mur : déjà l'animal dévalait les marches de l'escalier.

La jeune sorcière se lança à sa poursuite en courant à toutes jambes mais,

quand elle arriva au bas de l'escalier, le singe avait disparu.

— Me voilà bien ! marmonna-t-elle à haute voix. Qu'est-ce que je vais faire, maintenant ?

— Il faudrait plutôt dire : que devriez-vous faire, mademoiselle Malabul ? lança derrière elle une voix glaciale.

— Oh, heu… mais rien du tout, répondit Amandine en se retournant vers mademoiselle Bâtonsec qui, comme à son habitude, avait soudain surgi de nulle part.

— Comment cela, rien du tout ? s'indigna mademoiselle Bâtonsec. Vous pensez que vous n'avez rien à faire à cette heure de la journée ? Je voudrais bien savoir en quel honneur Amandine Malabul serait autorisée à se livrer à des exercices de course à pied dans les couloirs pendant que ses camarades occupent plus utilement leur temps à suivre des cours ? Et en quel honneur les chaussettes de mademoiselle Malabul tombent-elles sur ses chaussures ?

Amandine se baissa et se hâta de remonter ses chaussettes.

– J'ai été renvoyée de la classe de chant, expliqua-t-elle. Mademoiselle Chauveroussie m'a dit de ne pas revenir. C'est pour ça que je n'ai rien à faire jusqu'à la fin de l'heure.

– Rien à faire ! Vraiment ? s'exclama mademoiselle Bâtonsec en lançant des regards si furieux qu'Amandine fit un pas en arrière. Eh bien, je vous suggère d'aller à la bibliothèque et de commencer par réviser vos sortilèges et vos formules de potions magiques. Ensuite, s'il vous reste un peu de temps – ce dont je me permets de douter –, vous viendrez me voir dans mon bureau et je vous don-

nerai quelques exercices à faire pour
vérifier les connaissances que vous
aurez acquises.

— Bien, mademoiselle, répondit docile-
ment Amandine.

Puis elle emprunta le couloir qui
menait à la bibliothèque, en se demand-
ant où ce satané singe avait pu s'enfuir.
Elle jeta un coup d'œil par-dessus son
épaule : mademoiselle Bâtonsec avait
disparu, mais avec elle on ne savait
jamais si elle était vraiment partie ou si

elle s'était simplement rendue invisible pour mieux observer ce qui se passait.

Amandine poursuivit son chemin le long de plusieurs couloirs, puis elle s'immobilisa et écouta. N'entendant rien d'autre que le chant étouffé de ses camarades, dans la classe de mademoiselle Chauveroussie, elle repartit aussitôt à la recherche du singe échappé.

Une forme mouvante qu'elle aperçut à travers une fenêtre attira alors son regard : c'était le singe. Il était monté sur une tour après avoir enfoncé sur sa tête un chapeau qu'il avait trouvé Dieu sait où. Et si Amandine ne s'était pas sentie aussi coupable, elle aurait sans doute trouvé très drôles les pitreries de l'animal.

– Hé, singe, dit-elle de sa voix la plus douce. Viens, j'ai une belle banane pour toi. Viens, je t'en supplie…

Mais le singe se contenta de lancer un cri strident et monta encore plus haut sur la tour, se livrant à diverses acrobaties qui semblaient le remplir de joie. Amandine courut alors chercher son balai. Car, autant qu'elle pouvait en juger, la seule manière de récupérer le singe consistait à voler jusqu'à lui pour essayer de l'attraper.

Revenue devant la fenêtre, elle se hissa sur le rebord, puis enfourcha le balai. Elle lui ordonna de se mettre en position de vol mais, au moment où elle donna

une petite tape sur le manche pour le
faire avancer, elle perdit l'équilibre et se
rattrapa de justesse avec les mains, tandis que le balai filait soudain vers la tour.

– Arrête ! s'écria Amandine.

Aussitôt, le balai s'immobilisa dans les
airs. Amandine, suspendue au manche,
tenta un rétablissement pour reprendre
une position assise ; hélas, sans point
d'appui où poser les pieds, c'était impossible. Elle avait l'impression que ses
bras allaient s'arracher de ses épaules,

mais elle était à présent si près du singe qu'elle décida d'essayer de l'attraper. Elle ordonna donc au balai de continuer à voler vers la tour. Par chance, le singe trouva ce manège très amusant et sauta d'un bond sur le manche auquel il s'accrocha par la queue, exécutant quelques exercices de voltige qui firent frémir Amandine.

– Descends, maintenant ! ordonna-t-elle au balai.

Docile, celui-ci obéit et les ramena à terre en un clin d'œil. Ils atterrirent au beau milieu de la cour où les élèves de troisième année étaient justement en

train de prendre une leçon de vol sous la direction de mademoiselle Dumollet, le professeur de gymnastique. Bien entendu, tout le monde avait été témoin des évolutions d'Amandine et du singe au sommet de la tour. Pis encore, mademoiselle Bâtonsec, bras croisés et sourcils froncés, se tenait à côté de mademoiselle Dumollet. Pendant toute la descente, Amandine s'était sentie parfaitement ridicule, accrochée ainsi à son balai, le singe suspendu par la queue à côté d'elle.

– Eh bien ? demanda mademoiselle Bâtonsec lorsqu'elle eut atteint le sol.

Amandine attrapa aussitôt le singe et le tint bien serré contre elle, de peur qu'il ne s'échappe à nouveau.

– Je... je l'ai trouvé... balbutia la jeune sorcière en baissant les yeux.

– C'est ça ! s'exclama mademoiselle Bâtonsec d'un ton méprisant. Vous l'avez trouvé au sommet de la tour, et il portait un chapeau.

– Heu… oui… répondit Amandine, de plus en plus embarrassée. J'étais là-haut, et… et je me suis dit que je ferais mieux de le ramener…

– Et d'où vient-il, s'il vous plaît ? interrogea mademoiselle Bâtonsec avec un regard de plus en plus perçant. J'espère que vous ne vous êtes pas encore querellée avec Octavie Pâtafiel ?

Elle se souvenait du jour où Amandine avait changé Octavie en cochon à la suite d'une dispute qui avait mal tourné.

– Oh, non, non ! s'empressa de répondre Amandine.

– Dans ce cas, dites-moi où vous avez déniché ce singe, insista mademoiselle Bâtonsec.

La situation devenait de plus en plus délicate. Amandine ne pouvait se résoudre à dénoncer Isabelle mais, en même temps, le regard terrifiant de mademoiselle Bâtonsec lui laissait supposer qu'elle savait déjà tout. Elle fut soulagée lorsqu'une élève de troisième année s'avança et dit :

– Elle l'a trouvé dans la chambre de la nouvelle. Je l'ai vue en sortir tout à l'heure.

– Dans la chambre d'Isabelle ? s'étonna mademoiselle Bâtonsec. Mais Isabelle n'a que son chaton noir réglementaire. Il n'y a pas d'autre animal dans sa chambre.

Elle envoya alors l'élève de troisième année chercher Isabelle dans la classe de chant. Isabelle Tromplamor arriva bientôt, l'air surpris, mais elle ne laissa paraître aucun trouble en voyant le singe avec Amandine.

– Ce singe est-il à vous, mademoiselle

Tromplamor ? demanda mademoiselle Bâtonsec.

— Je n'ai qu'un chaton dans ma chambre, répondit Isabelle.

Amandine ouvrit des yeux ronds de stupeur.

— Vous êtes bien sûre qu'il ne s'agit pas d'Octavie ? insista mademoiselle Bâtonsec d'un ton sévère.

— Oh ! oui, je vous le promets ! affirma Amandine.

Cependant, apparemment, mademoiselle Bâtonsec ne la crut pas et elle prononça la formule magique qui permet de rendre sa forme habituelle à un être qui a été transformé en quelque chose d'autre. Le singe disparut aussitôt : à sa place, il n'y avait plus qu'un chaton noir.

— Mais c'est mon chat ! s'exclama Isabelle tandis que le chaton lui sautait dans les bras.

– Amandine ! s'écria mademoiselle Bâtonsec. Vous ne tenez donc aucun compte des avertissements qui vous sont donnés ! D'abord Octavie, maintenant le chat d'Isabelle ! Pour l'amour du ciel, quand donc allez-vous cesser vos idioties ?

Amandine semblait abasourdie.

– Mais je… ce n'est pas… bredouilla-t-elle.

– Silence ! coupa mademoiselle Bâtonsec. Il y a tout juste deux jours que vous êtes rentrée à l'école, et vous avez déjà fait preuve à deux reprises d'une conduite inqualifiable ! Enfin, au moins, Isabelle aura pu constater que vous offrez décidément un bien mauvais exemple ! Mademoiselle Tromplamor, j'espère que vous ne suivrez pas les traces d'Amandine. Maintenant, filez toutes les deux, et faites bien attention à vous, mademoiselle Malabul. Je vous conseille de réfléchir sérieusement avant de vous livrer à nouveau à l'une de vos facéties !

Dès que les deux jeunes sorcières eurent tourné l'angle du mur, Amandine demanda à Isabelle ce qui avait bien pu se passer.

— Oh, c'est très simple, répondit Isabelle. Ce matin, j'ai décidé de changer mon chat en singe pour m'amuser un peu. J'avais l'intention de lui rendre sa forme normale demain, bien entendu, je n'avais pas prévu que tu irais lui ouvrir la porte...

L e jour fatidique de la fête sportive approchait inexorablement,
jour sombre entre tous pour
Amandine qui détestait toutes les formes
de concours. Essayer de battre à tout prix
ses camarades lui paraissait absurde,
d'abord parce qu'elle ne gagnait jamais
et se sentait chaque fois profondément
humiliée, ensuite parce que toute idée de
compétition lui était étrangère.

Par surcroît, Paméla continuait de lui mener la vie dure. Amandine était bien obligée d'accompagner Isabelle partout, puisque c'était la tâche qu'on lui avait confiée, mais Paméla en était devenue si jalouse qu'elle avait fini par faire équipe avec Octavie Pâtafiel.

Lorsqu'elle les avait aperçues ensemble pour la première fois, Amandine n'en avait pas cru ses yeux. Elle

savait que Paméla agissait ainsi à cause d'Isabelle, et elle avait fait semblant de ne rien remarquer, toutefois en réalité voir sa meilleure amie bras dessus, bras dessous avec son ennemie de toujours lui avait brisé le cœur.

La fête sportive devait comporter plusieurs épreuves : saut à la perche, course en sac, relais quatre fois cent mètres sur balais volants et dressage de chats. Il fallait notamment apprendre aux chatons à se tenir en équilibre sur les balais.

Pendant des semaines, les élèves s'entraînèrent avec acharnement. Amandine passa des jours entiers à essayer d'apprendre à Petitpas, son chat tigré, l'art de se tenir droit sur un manche au lieu de se cramponner aux crins du balai, les yeux fermés et l'air épouvanté. Il ne fit guère de progrès, cependant. Le reste du temps, elle faisait la course avec

Isabelle. Elles arrivaient toujours ex
æquo, mais elles n'avaient aucun mérite
à cela : toutes deux étaient simplement
aussi malhabiles l'une que l'autre dans
le maniement du balai.

Les semaines passèrent ainsi, puis le
jour de la fête arriva. C'était une aube
grise et brumeuse et, pour une fois,
Amandine était parfaitement réveillée
lorsque la sonnerie retentit. Elle avait en
effet passé la plus grande partie de la
nuit à se tourner et se retourner dans son

lit, en proie à d'effroyables cauchemars.
Dans l'un d'eux, elle découvrait un
monstre perché à l'arrière de son balai,
en plein milieu de la course de relais ;
le monstre, en fait, n'était autre que
mademoiselle Jollidodue qui lui criait :
« Amandine, qu'est-ce que tu as encore
fait ? »

Dès les premières notes de la sonnerie,
Amandine s'arracha à la douceur de son
lit et se mit à chercher sa tenue de sport.
Elle finit par la dénicher au fond du tiroir
à chaussettes où elle était roulée en boule
et s'efforça de la défroisser du mieux
qu'elle put pour la rendre un peu plus
présentable.

Certains matins étaient décidément
pires que d'autres, songea-t-elle en revê-
tant sa chemise de coton grisâtre et sa
jupe-culotte noire qui lui tombait molle-
ment sur les genoux. Des chaussettes

grises et des chaussures noires complétaient le sinistre accoutrement.

Tandis qu'Amandine nouait ses cheveux en une tresse serrée, on frappa à la porte de sa chambre. Pendant un instant, elle eut l'espoir que Paméla était venue lui rendre visite, mais ce fut la tête d'Isabelle qui apparut derrière le panneau. Paméla avait déjà dû partir avec Octavie.

– Ne ris pas, dit Isabelle en se montrant tout entière dans l'encadrement de la porte.

Cependant Amandine ne put se retenir de pouffer en voyant sa tenue.

– J'ai dit : ne ris pas ! répéta Isabelle avec un large sourire. Je sais que ça a l'air drôle, mais je n'avais rien d'autre à me mettre.

Elle portait une ample culotte de golf noire qu'elle avait remontée jusque sous les bras.

– Tu n'as rien trouvé de plus petit ? s'étonna Amandine.

– Non. Ma mère prend toujours la taille au-dessus quand elle m'achète des affaires : je grandis si vite ! Si tu voyais mes maillots de corps ! Il y en a qui traî-

neraient par terre si je ne les rentrais pas dans ma jupe.

— Je n'arriverai jamais à garder mon sérieux en te voyant habillée comme ça. Remarque, avec un peu de chance, ça va déconcentrer les autres. Et ton chat ?

— Je préfère le laisser dans ma chambre. Il est un peu mal en point depuis l'histoire du singe. Je ne crois pas qu'il soit en état de se promener sur un balai.

— Moi, j'emmène Petitpas, dit Amandine en prenant son chaton qui somnolait, pelotonné sur l'oreiller. Je l'ai fait travailler tous les jours, pourtant je ne sais pas si ça aura servi à quelque chose...

Amandine et Isabelle étaient assises côte à côte dans les vestiaires, attendant qu'on les appelle pour la première épreuve : le saut à la perche. A leur grande consternation, elles s'étaient aperçues qu'on les avait inscrites dans toutes les épreuves en raison de leur haute taille qui donnait la fausse impression qu'elles devaient être douées pour toutes les disciplines sportives.

— Nous allons être dernières en tout, c'est sûr, soupira Isabelle, l'air désespéré.

— Ce n'est pas obligatoire, fit remarquer Amandine en caressant les oreilles de Petitpas dont la tête sortait du sac de gymnastique dans lequel elle l'avait transporté. Après tout, nous sommes les plus grandes, nous devrions être meilleures que les autres.

— Exact, mais il se trouve que nous ne le sommes pas, répliqua Isabelle, la mine penaude. Ce qu'il nous faudrait, c'est un peu de magie pour nous aider.

— Même ça, nous ne savons pas le faire convenablement, se lamenta Amandine. Un jour, je me suis trompée dans la préparation d'une potion, et nous sommes devenues invisibles, Paméla et moi. C'était terrible !

— Laisse-moi faire, dit alors Isabelle avec une assurance désarmante.

Elle prit les deux perches qui devaient leur servir à sauter, les plaça devant la fenêtre, puis elle se mit à faire des gestes de la main en marmonnant des paroles inaudibles.

— Qu'est-ce que tu fais ? interrogea Amandine.

— Chut, tais-toi, tu vas tout faire rater.

Quelques instants plus tard, Isabelle rendit sa perche à Amandine.

— Tu vas voir, dit-elle. Cette fois, on va toutes les battre.

Lorsqu'elles rejoignirent les concurrentes de saut à la perche, Amandine ne se sentait pas très à l'aise. Elle leva les yeux vers la barre : elle lui semblait à un bon kilomètre de hauteur.

— Je n'arriverai jamais à passer par-dessus, murmura-t-elle à Isabelle.

– Concurrente numéro 1 : Amandine Malabul ! annonça mademoiselle Dumollet.

– Oh non ! s'étrangla Amandine. C'est moi qui passe en premier !

– Contente-toi de sauter et tout ira bien, lui glissa Isabelle avec un clin d'œil.

Amandine sauta donc. Elle prit son élan, planta sa perche et c'est alors qu'il se produisit quelque chose d'extraordinaire. Le sol sembla soudain se transformer en une épaisse couche de caoutchouc mousse et Amandine, cramponnée à sa perche, s'envola dans les airs.

Venant de quelque part au-dessous d'elle, Amandine entendit la voix d'Isabelle qui lui criait : « Lâche la perche ! »

Regardant en bas, elle s'aperçut avec horreur que tout paraissait très lointain :

la barre, ses camarades, mademoiselle
Dumollet et la cour entière. Saisie de
panique, elle serra la perche de toutes ses
forces et vit alors se dessiner devant elle
le sommet d'une tour qui se rapprochait
de plus en plus vite. Tel un missile

guidé, Amandine et la perche passèrent
à travers une fenêtre – heureusement, les
fenêtres de l'école n'avaient jamais de
vitres – et s'écrasèrent au milieu d'une
table dressée pour le thé.

Amandine se retrouva assise étourdie,
sur le sol, parmi des tasses brisées et des
flaques de lait. Épouvantée, elle réalisa
alors que la pièce dans laquelle elle avait

été ainsi projetée était tout simplement le
salon privé de mademoiselle Bâtonsec.
Sous le choc, la perche s'était cassée en
deux : l'un des morceaux s'était planté
dans un portrait de mademoiselle Bâtonsec accroché au mur, l'autre dans le
panier du chat. L'animal n'avait eu que
le temps de faire un bond de côté pour
éviter le projectile. Il avait à présent

sauté sur le buffet, grondant, crachant, le poil hérissé, la queue ébouriffée.

Quelques instants plus tard, la porte du salon s'ouvrit. Mademoiselle Bâtonsec, mademoiselle Jollidodue et mademoiselle Dumollet firent irruption dans la pièce tandis que le chat, terrifié, bondissait sur les épaules de sa maîtresse en poussant un miaulement strident.

– C'est gentil de venir me rendre une petite visite, Amandine, ironisa mademoiselle Bâtonsec. Mais il n'était pas nécessaire d'entrer d'une manière aussi peu conventionnelle. D'habitude, mes visiteurs se contentent de passer par l'escalier.

– J'ose espérer qu'il est inutile de vous rappeler, Amandine, qu'il est parfaitement contraire au règlement de faire usage de magie dans une épreuve sportive, déclara mademoiselle Dumollet.

— Je n'arrive pas à y croire, soupira mademoiselle Jollidodue en ôtant de la chevelure d'Amandine une tartelette qui s'y était collée et qu'elle donna machinalement au chat. Je n'arrive pas à croire

qu'une de mes élèves ait pu tricher. Quel exemple pour cette pauvre nouvelle ! Je suis choquée. Vraiment choquée !

Amandine rongea son frein en repensant à tous les ennuis que lui avait causés la « pauvre nouvelle » depuis le début du trimestre.

— Il ne faut plus jamais qu'une chose semblable se reproduise, insista la directrice avec sévérité. Tu es exclue de toutes les autres épreuves, et si tu commets encore un écart de conduite ce trimestre, c'est de l'Académie elle-même que tu seras exclue !

Amandine sursauta.

— Parfaitement, poursuivit mademoiselle Jollidodue. Si tu continues ainsi, je serai obligée de te renvoyer de l'école. Maintenant, monte dans ta chambre. Tu y resteras toute la journée pour réfléchir à ce que je t'ai dit.

Amandine fut soulagée de pouvoir se réfugier dans sa chambre. Elle se pelotonna sur son lit, en compagnie de Petitpas, et resta là immobile à écouter ses camarades qui criaient et riaient audehors tandis que la fête se poursuivait.

– C'est impossible, Petitpas, murmura-t-elle, jamais je ne pourrai aller jusqu'à la fin du trimestre sans que rien m'arrive.

A ce moment, on frappa à la porte. C'était Isabelle.

– Qu'est-ce qui s'est passé ? demanda-t-elle en entrant dans la chambre. Où as-tu atterri ?

– Dans le salon de mademoiselle Bâtonsec. C'était affreux ! Mademoiselle Jollidodue m'a dit qu'elle me renverrait s'il m'arrivait encore quelque chose ce trimestre. Et toi ? Tu t'es envolée aussi ?

– Oh non ! Je me suis rendu compte que j'y avais été un peu fort avec ma formule magique, alors j'ai fait semblant de m'évanouir et on m'a envoyée me reposer. Il va falloir que j'y retourne bientôt. Tu t'es fait mal ?

– Pas vraiment, répondit sombrement Amandine. Je me suis un peu tordu la cheville, c'est tout.

– Alors réjouis-toi, lança Isabelle d'un ton joyeux. Au moins, plus rien de fâcheux ne peut t'arriver aujourd'hui. A tout à l'heure !

Amandine parvint à esquisser un pâle sourire tandis qu'Isabelle quittait la chambre.

– Mon pauvre Petitpas, soupira-t-elle d'un air misérable, il nous reste une dernière chance. Si je la laisse échapper…

Amandine n'avait jamais eu aussi peur d'être renvoyée, depuis le jour où elle avait gâché la démonstration de vol de balais présentée par sa classe pour la fête du Carnaval. Elle se rappela toutes les promesses de bonne conduite qu'elle avait faites à sa famille et s'imagina, revenant chez elle avec son chat et ses valises, obligée d'annoncer à ses parents qu'elle était exclue de l'Académie : quelle horreur ! Elle consulta son calendrier et décida de faire jour après jour tous les efforts possibles pour arriver à la fin du trimestre sans autre incident.

Dans les semaines qui suivirent, Isabelle essaya de l'entraîner dans toutes les frasques imaginables, mais Amandine résista avec une force morale digne d'éloge. Octavie Pâtafiel se montra particulièrement provocante, car Paméla continuait de faire équipe avec elle, toutefois Amandine resta insensible aux moqueries et quolibets et, grâce à ses efforts méritoires, la dernière semaine du trimestre arriva sans qu'elle ait eu le moindre ennui.

Comme d'habitude, l'anniversaire de mademoiselle Jollidodue devait être célébré le dernier jour du trimestre. Chaque classe présenterait un poème ou une chanson spécialement choisis pour l'occasion. Paméla avait été désignée pour représenter les élèves de première année, au grand soulagement d'Amandine qui n'aurait ainsi rien d'autre à faire que de rester assise et d'écouter.

Le jour de la célébration était venu et les jeunes sorcières attendaient dans leurs salles de classe respectives qu'on les appelle dans le grand salon d'honneur où aurait lieu la cérémonie.

— Ça va être terriblement ennuyeux, soupira Isabelle à l'adresse d'Amandine. On ne va quand même pas passer toute la matinée à écouter réciter des poèmes et chanter des chansons. Je n'arriverai jamais à supporter ça jusqu'au bout. Si on essayait de se défiler ? Il doit bien y avoir un moyen ?

– Non, se contenta de répondre Amandine.

– Allez, arrête tes histoires ! Tu sais
que tu n'es plus drôle du tout ? Si on
réussit à s'esquiver sans se faire remarquer, personne ne s'apercevra qu'on
n'est pas là. Ce qui compte, c'est que les
autres y soient...

– On s'en apercevra, et ça m'est égal
de n'être pas drôle. Je n'ai plus que trois
ou quatre heures à passer ici, ensuite je
pourrai rentrer à la maison pour les
vacances sans avoir été renvoyée. Je ne
veux pas prendre de risque au dernier
moment, voilà tout.

– Bon, d'accord, grommela Isabelle
avec mauvaise humeur.

Mademoiselle Bâtonsec apparut alors
dans l'encadrement de la porte et fit
signe aux élèves de se mettre en rang
pour se rendre dans la grande salle

d'honneur. Tandis qu'elles avançaient le long des couloirs, Isabelle attrapa soudain Amandine par le bras.

– Vite ! chuchota-t-elle. Par ici !

A ce moment précis, elles passaient devant un débarras et, avant qu'Amandine ait compris ce qui se passait, Isabelle l'avait entraînée à l'intérieur.

– Mais qu'est-ce que tu fais ? s'inquiéta Amandine alors qu'Isabelle refermait la porte du débarras sur elles.

– Chut… on va rester ici jusqu'à ce que tout le monde soit installé dans la grande salle. Ensuite, nous pourrons ressortir et faire ce qui nous plaira.

– Mais… on va s'apercevoir de notre absence ! protesta Amandine, désemparée.

Pendant ce temps, dans le couloir, l'œil d'aigle d'Octavie Pâtafiel avait vu Amandine et Isabelle disparaître dans le débarras. Paméla aussi les avait vues et, d'ailleurs, elle aurait bien voulu être avec elles. La vie lui avait paru en effet bien plus drôle au temps où elle était amie avec Amandine. Le trimestre qu'elle venait de passer aux côtés d'Octavie Pâtafiel s'était révélé beaucoup moins agréable, d'autant qu'Octavie ne cessait de dire pis que pendre d'Amandine.

Lorsque Paméla et Octavie passèrent devant le débarras, celle-ci tourna la clé dans la serrure, verrouillant ainsi la porte.

– Octavie ! s'exclama Paméla tandis qu'elles poursuivaient leur chemin le long du couloir. Tu vas leur attirer des ennuis ! Mademoiselle Jollidodue a dit qu'elle renverrait Amandine de l'école s'il lui arrivait encore une histoire !

– Exactement ! répliqua Octavie d'un air triomphant.

– Tu es une vraie vipère ! s'indigna Paméla. Je vais aller leur ouvrir la porte.

Mais, à cet instant, mademoiselle Bâtonsec remonta le couloir et escorta les élèves jusqu'à la grande salle en marchant à la hauteur d'Octavie et de Paméla. Dans ces conditions, il devenait impossible de revenir en arrière pour déverrouiller la porte.

A l'intérieur du débarras, les deux jeunes sorcières avaient entendu la clef tourner dans la serrure.

— Je le savais, soupira Amandine. Nous ne pouvons plus sortir, maintenant, et c'est le dernier jour du trimestre. Il va falloir attendre que la cérémonie soit terminée et taper sur la porte pour qu'on vienne nous ouvrir. Sinon, nous passerons nos vacances dans ce débarras. Ils ne rouvriront la porte qu'à la rentrée et tout ce qu'il restera de nous, ce seront nos squelettes…

A cette sombre pensée, Amandine éclata en sanglots.

– Je suis désolée, murmura alors Isabelle. Je leur dirai que tout est de ma faute. Ne pleure pas, tu verras, tu ne seras pas renvoyée, je te le promets.

Lorsque leurs yeux se furent accoutumés à la semi-obscurité qui régnait dans le débarras, Amandine et Isabelle examinèrent les lieux d'un peu plus près. C'était une vaste pièce, haute de plafond, qui servait de toute évidence à entreposer de vieux meubles. Une fenêtre en arcade aménagée dans un angle de mur, près du plafond, laissait entrer un peu de lumière du jour.

– Nous sommes sauvées ! s'écria Isabelle en claquant des doigts. Il y a une
fenêtre, il suffit de grimper là-haut et
nous pourrons sortir.

— Oh oui, c'est facile, dit Amandine d'un ton ironique. La fenêtre n'est guère qu'à trois mètres de hauteur, on peut toujours essayer de voler jusque-là…

— Si nous entassions toutes ces vieilleries, on pourrait peut-être faire un tas suffisamment haut pour monter dessus, suggéra Isabelle en fouillant parmi les vieux bureaux, les bancs cassés et les boîtes en carton pleines de débris divers. Amandine ! s'exclama-t-elle soudain. Regarde ! C'est un balai !

Elle tira d'un vieux coffre un balai en piteux état, dont le manche était à moitié

cassé. Dénouant sa ceinture, elle la serra autour des deux morceaux de bois pour les maintenir attachés le plus solidement possible.

– Et voilà ! dit-elle. Maintenant, nous allons pouvoir voler jusque là-haut. La fenêtre est assez grande pour que nous puissions passer toutes les deux au travers. Allez, viens !

Elles commandèrent alors au balai de se mettre en position de vol, ce qu'il fit sans difficulté, et les deux sorcières les plus maladroites de l'école enfourchèrent le manche. Isabelle était assise à l'avant. Amandine, derrière elle, s'agrippait à sa taille.

– Monte, monte, monte ! ordonnèrent-elles au balai.

Obéissant, celui-ci s'éleva peu à peu. Faire monter verticalement un balai à la hauteur voulue est un exercice périlleux : l'ascension se fait par à-coups successifs et il est bien difficile de conserver son équilibre en étant soumis à de telles secousses. Les deux sorcières eurent du mal à ne pas tomber, mais elles finirent par arriver jusqu'au rebord de la fenêtre.

– Qu'est-ce que tu vois de l'autre côté ? demanda Isabelle, trop occupée à maintenir le balai à la bonne hauteur pour regarder elle-même.

Amandine jeta un coup d'œil à travers la fenêtre et vit un long mur, ainsi qu'un morceau de plafond qui s'étendait devant elle.

– C'est étrange, dit-elle. La fenêtre ne donne pas sur l'extérieur. On dirait plutôt une grande pièce avec des murs de pierre.

– Bon, eh bien ! on va sortir d'ici avant que le balai ne nous lâche, dit Isabelle.

La poussière et les toiles d'araignée qui les enveloppaient les firent éternuer.

– Baisse la tête, recommanda Isabelle, fais attention de ne pas te cogner !

– Je me demande bien où nous allons nous retrouver, murmura Amandine tandis qu'elles franchissaient la fenêtre en se cramponnant maladroitement à leur balai.

Dans la grande salle d'honneur, les élèves avaient été invitées à faire silence. Paméla, qui devait être la première à réciter un poème, se tenait sur le devant de l'estrade, face à ses camarades. Derrière elle, mademoiselle Jollidodue et toutes les maîtresses d'école étaient assises côte à côte. Paméla s'inquiétait du sort d'Amandine enfermée dans le débarras. Elle était même si inquiète qu'elle ne se rappelait plus les premiers vers de son poème, bien qu'elle l'eût répété pendant des semaines. Tandis qu'elle se torturait la mémoire pour essayer de se souvenir, on entendit un éternuement, accompagné d'un étrange bruissement, qui provenait du fond de la salle. Et soudain, surgissant d'une haute fenêtre, Amandine et Isabelle apparurent, chevauchant un vieux balai auquel elles s'accrochaient désespérément. Leur entrée fit sensation : tous les regards se tournèrent vers les deux jeunes sorcières couvertes de poussière et de toiles d'araignée. Sur l'estrade, les professeurs et la directrice étaient figées de stupeur.

En une fraction de seconde, Paméla comprit ce qui s'était passé. Elle seule pouvait sauver la situation : sans hésiter un instant, elle s'éclaircit la gorge et annonça d'une voix tremblante, mais avec toute la solennité qu'exigeait l'événement :

– J'ai le plaisir de vous présenter l'attraction surprise préparée par Amandine Malabul et Isabelle Tromplamor : acrobaties en double sur balai seul !

Elle fit signe de la main en direction d'Amandine et d'Isabelle, elles-mêmes abasourdies de se retrouver là.

– C'est incroyable… murmura Amandine.

– Cette fois, si on s'en sort, on mérite une médaille ! dit Isabelle.

– Essayons au moins de faire ce que Paméla a annoncé, chuchota Amandine à l'oreille d'Isabelle. Arrange-toi pour tenir le balai bien droit, moi, je vais essayer de leur offrir un peu de spectacle.

Isabelle entreprit alors de faire le tour
de la salle en volant le plus lentement
possible, pendant qu'Amandine se mettait debout à l'arrière du balai. S'agrip-
pant aux épaules d'Isabelle, elle parvint
à exécuter sur un pied une figure vague-
ment acrobatique qui n'avait rien de très
gracieux mais, comme c'était la pre-

mière fois qu'elle se tenait debout sur un balai, elle n'était pas mécontente du résultat. Elle recommença la même figure en changeant de pied, puis elle s'enhardit et leva un bras en même temps que la jambe. Isabelle qui n'avait jamais été très habile dans le maniement d'un balai ne faisait pas très attention à sa trajectoire et ne vit qu'au dernier moment le lustre surgir devant elle.

– Amandine ! Attention ! s'écria-t-elle.

Mais il était trop tard. Amandine, toujours debout, heurta le lustre de plein fouet tandis qu'Isabelle réussissait d'extrême justesse à passer au-dessous. Déséquilibrée, Amandine tomba du manche et parvint tout juste à se raccrocher au lustre d'une seule main. Isabelle fit aussitôt demi-tour pour venir récupérer son amie suspendue dans les airs. L'opération se passa sans trop de mal

et Amandine reprit sa place à l'arrière du balai.

— On l'a échappé belle, soupira Amandine. Pour l'amour du ciel, fais attention où tu vas !

— Comment ? demanda Isabelle en tournant la tête vers elle.

— J'ai dit : fais attention ! s'exclama Amandine en voyant le mur se rapprocher dangereusement.

Isabelle vira brusquement pour éviter le mur et, une nouvelle fois, Amandine tomba du balai. Elle se rattrapa de justesse au manche par les mains et resta ainsi accrochée, se balançant au gré des évolutions du balai. C'est alors que le manche se mit à craquer d'une manière inquiétante : la ceinture qui le maintenait commençait à se relâcher et il menaçait de se casser en deux.

— Isabelle ! Vite ! s'écria Amandine, saisie de panique. Vite, atterris avant qu'il ne tombe en morceaux !

Isabelle dirigea alors le balai vers l'estrade et parvint à le poser juste à côté de Paméla qui eut la présence d'esprit d'applaudir aussitôt, imitée par toutes les autres élèves enthousiastes.

Mademoiselle Jollidodue et mademoiselle Bâtonsec se précipitèrent vers Amandine et Isabelle. La directrice semblait quelque peu décontenancée. Mademoiselle Bâtonsec, elle, jetait des regards assassins, un sourcil levé en accent circonflexe.

– Amandine Malabul ! lança-t-elle de son ton le plus terrifiant.

Mais, avant qu'elle n'ait pu se lancer à l'attaque, mademoiselle Jollidodue prit Amandine et Isabelle par les épaules et leur sourit avec bienveillance en posant sur elles son regard de myope.

– Merci, mes enfants, dit-elle avec douceur. Ce n'était pas très au point, et l'état de vos vêtements laisse à désirer, mais c'était une belle tentative. Voilà ce que j'aime voir à l'Académie : l'esprit d'équipe, l'initiative et, par-dessus tout, le goût de l'effort.

– Merci, mademoiselle, répondirent timidement Amandine et Isabelle sans oser lever les yeux de peur de croiser le regard de mademoiselle Bâtonsec.

Mademoiselle Jollidodue eut un sourire ému et fit signe aux deux jeunes sorcières d'aller rejoindre leurs camarades.

Paméla, qui avait déjà pris place sur l'un des bancs, se poussa un peu pour qu'elles puissent s'asseoir à côté d'elle.

Quand la cérémonie eut pris fin, les élèves quittèrent la grande salle d'honneur pour aller attendre dans la cour de récréation la sonnerie annonçant le début des vacances. Paméla raconta à Amandine et à Isabelle comment Octavie avait tourné la clé dans la serrure pour les enfermer dans le débarras et elles décidèrent d'en rire, puisque tout s'était bien terminé.

– Merci pour ta présence d'esprit, Paméla, dit Amandine en pouffant.

– Oh, ce n'est rien, répondit Paméla, un peu mal à l'aise. Est-ce que… tu veux bien qu'on redevienne amies comme avant ?

– Mais on l'est déjà, assura Amandine. C'est toi qui nous as sauvées. Tu as vu sa tête ?

– La tête de qui ? demanda la voix de mademoiselle Bâtonsec.

Les trois jeunes sorcières sursautèrent en voyant leur professeur se matérialiser dans l'encadrement de la porte donnant sur la cour de récréation.

– Je… je disais que notre numéro n'était pas au point et que vous n'aviez pas l'air très contente, balbutia Amandine.

– C'est vrai, répliqua mademoiselle Bâtonsec d'un ton cassant. Je crois qu'en la circonstance, c'est Paméla qui mérite le prix d'initiative ! Vous pouvez la remercier de vous avoir tirées de ce mauvais pas. Il aurait pu vous coûter très cher !

Elle disparut alors à l'intérieur de l'école, au grand soulagement des trois amies.

– On dirait vraiment qu'elle voit à travers les murs, chuchota Paméla.

– Chut ! dit Isabelle en jetant des regards autour d'elle. J'ai bien l'impression que c'est vrai !

La sonnerie retentit alors : le moment était venu pour les élèves d'aller chercher leurs valises et de quitter l'école. Amandine poussa un cri d'allégresse et entraîna ses deux amies dans une ronde joyeuse.

– Ça y est ! s'exclama-t-elle. J'ai réussi ! Le trimestre est fini et je n'ai pas été renvoyée !